Para Matan y Mümchen

La Coleccionista de Palabras

© Sonja Wimmer 2011
© Cuento de Luz SL 2011
   Calle Claveles 10 | Urb Monteclaro | Pozuelo de Alarcón | 28223 Madrid | España
   www.cuentodeluz.com

ISBN: 978-84-938240-6-8
DL: M-11310-2011
Impreso en España por Graficas Aga SL, Madrid,
España, en marzo 2011, tirada numero 67694

MIXTO
Papel procedente de
fuentes responsables
FSC® C003935

CUENTO
DE LUZ

La COLECCIONISTA de palabras

Sonja Wimmer

Luna era una niña extraordinaria. Vivía **más** arriba que cualQuier otra persona.

LA

"misma FORMA"

misma FORMA

"QUE

en

el paladar,

Otras

per son

a

s

colec cionan

sellos:

Pero llegó un día en que todo cambió.

Poco a poco, las PALABRAS bellas, magníficas y divertidas fueron desapareciendo

Luna preguntó
a los **pájaros,**
a las nubes y a los viajeros.
Y todos contestar[o]
"Los **hom**[
de las palabra[
"Ya no [
"Están demasiad[

Que poseía en una maleta y GRANDE con ella emprendió un viaje.

Volaba por encima de mares y montañas y c

ntinentes,
dades.

Allí donde reinaba el odio y la violencia,
sembró palabras de fraternidad, de amor y de tolerancia
en el corazón de la gente.

Donde había personas solas y tristes, tendió hilos de

palabras cálidas, que hablaron de amistad y de compasión.

Y allí donde todos estaban demasiado ocupados para
y ciegos ante el milagro de la naturaleza, esparció las palabras má
Y aquellas palabras hicieron cosquillas a la gente en su nariz, su lengua

reír juntos

divertidas, locas y mágicas que poseía.

us oídos.

Pero...

¡OH NO!

De repente la maleta se quedó **vacía.**

¡No quedaba ni una **sola** palabra!

Luna ESTABA deses perada.

Sin embargo vio que las personas habían empezado a tirarse

Inventaron nuevas palabras,

e las regalaron, las compartieron como pelotas.

las dejaron volar de nuevo.

las letras las unas a las otras,

las compartieron

Entonces **Luna respiró** hondo y alegre comenzó a **bailar** entre ellas junto a sus nuevos amigos. Había regalad odas sus palabras pero estaba feliz.

Pues, ¿de que servía coleccionar algo, si no era para compartirlo?

Páginas 6 y 7:

Luna era una niña extraordinaria. Vivía más arriba que cualquier otra persona.

Páginas 8 y 9:

Y tenía una pasión muy peculiar.

Páginas 10 y 11:

Luna coleccionaba palabras de la misma forma que otras personas coleccionan sellos:
palabras divertidas, que al decirlas te hacen cosquillas en el paladar,
palabras tan bellas que hacen llorar y palabras amables que acarician el alma.

Páginas 12 y 13:

Palabras mágicas, palabras deliciosas, palabras largas y cortas, palabras divertidas,
palabras magníficas, palabras locas, palabritas, palabras curiosas ...

Páginas 14 y 15:

Pero llegó un día en que todo cambió.
Poco a poco las palabras bellas, magníficas y divertidas fueron desapareciendo.
¿Qué había pasado con ellas?

Páginas 16 y 17:

Luna preguntó a los pájaros, a las nubes y a los viajeros.
Y todos contestaron lo mismo:
"Los hombres se están olvidando de las palabras bellas."
"Ya no les dan importancia."
"Están demasiado ocupados."

Páginas 18 y 19:

Aquella noche, Luna no pudo conciliar el sueño.
Y cuando los primeros rayos del sol enviaron las estrellas a dormir,
tomó una decisión ...

Páginas 20 y 21:

Puso todas las palabras que poseía en una maleta grande y con ella emprendió un viaje.

Páginas 22 y 23:

Volaba por encima de mares y continentes, montañas y ciudades.

Páginas 24 y 25:

Allí donde reinaba el odio y la violencia, sembró palabras de fraternidad,
de amor y de tolerancia en el corazón de la gente.

Páginas 26 y 27:

Donde había personas solas y tristes, tendió hilos de palabras cálidas,
que hablaban de amistad y de compasión.

Páginas 28 y 29:

Y allí donde todos estaban demasiado ocupados para reír juntos y ciegos ante el milagro
de la naturaleza, esparció las palabras más divertidas, locas y mágicas que poseía.
Y aquellas palabras hicieron cosquillas a la gente en su nariz, su lengua y sus oídos.

Páginas 30 y 31:

Pero... ¡oh no! De repente la maleta se quedó vacía. ¡No quedaba ni una sola palabra!
Luna estaba desesperada.

Páginas 32 y 33:

Sin embargo vio que las personas habían empezado a tirarse las letras las unas a las otras, como pelotas.
Inventaron nuevas palabras, se las regalaron, las compartieron y las dejaron volar de nuevo.

Páginas 34 y 35:

Entonces Luna respiró hondo y alegre comenzó a bailar entre ellas junto a sus nuevos amigos.
Había regalado todas sus palabras pero estaba feliz. Pues, ¿de que servía coleccionar algo,
si no era para compartirlo?